ANIMAL JAMBOREE

Latino Folktales

Also by Judith Ortiz Cofer

¡A bailar! Let's Dance!

*Bailando en silencio: Escenas de
una niñez puertorriqueña*

El año de nuestra revolución

*Riding Low on the Streets of Gold:
Latino Literature for Young Adults*

*Silent Dancing: A Partial Remembrance
of a Puerto Rican Childhood*

Terms of Survival

The Year of Our Revolution

ANIMAL JAMBOREE

Latino Folktales

Judith Ortiz Cofer

Spanish translation by Natalia Rosales-Yeomans

PIÑATA
BOOKS

PIÑATA BOOKS
ARTE PÚBLICO PRESS
HOUSTON, TEXAS

Animal Jamboree: Latino Folktales / La fiesta de los animales: Leyendas latinas is made possible through a grant from the City of Houston through the Houston Arts Alliance.

Piñata Books are full of surprises!

Piñata Books
An imprint of
Arte Público Press
University of Houston
4902 Gulf Fwy, Bldg 19, Rm 100
Houston, Texas 77204-2004

Cover design by Mora Des!gn
Cover and inside illustrations by Ted Dawson and Giovanni Mora

Cofer, Judith Ortiz, 1952-
    [Short stories. Spanish & English. Selections]
    Animal Jamboree: Latino Folktales = La fiesta de los animales: Leyendas latinas / by = por Judith Ortiz Cofer; Spanish translation by = traducción al español de Natalia Rosales-Yeomans.
        v. cm.
    Summary: A collection of four Puerto Rican folktales featuring lions, mice and a brave little ant, as well as other animals.
    Contents: The Animals' Grand Fiesta = La gran fiesta de los animales— The Brave Little Ant and El Señor Chivo = La valiente hormiguita y Señor Chivo—A Funeral for Nangato = Un funeral para Nangato—The Parrot Who Loved Chorizos = El loro que amaba el chorizo.
    ISBN 978-1-55885-743-8 (alk. paper)
    1. Animals—Juvenile fiction. 2. Tales—Puerto Rico. 3. Children's stories —Translations into Spanish. [1. Animals—Fiction. 2. Folklore—Puerto Rico. 3. Short stories. 4. Spanish language materials—Bilingual.] I. Rosales-Yeomans, Natalia. II. Title.
    PZ74.1.C56 2012
    [Fic]—dc23
                                                                2012008730
                                                                CIP

Printed in the United States of America
April 2012–May 2012
Versa Press, Inc., East Peoria, IL
12 11 10 9 8 7 6 5 4 3 2 1

Table of Contents

The Animals' Grand Fiesta
1

The Brave Little Ant and El Señor Chivo
13

A Funeral for Nangato
23

The Parrot Who Loved Chorizos
29

This book is dedicated to
John, Tanya, Dory and Elias John.

I am grateful to my first readers
Erin Christian, Kathryn Locey and John Cofer
for their valuable suggestions.

The Animals' Grand Fiesta

Once upon a time, there were a lion and a lioness who lived in a forest at the edge of a field. They thought themselves better than any of their neighbors. In the surrounding countryside, there was a community of farm animals, including the horse and the mare, the burro and the *burra*, the cat and his wife, the bull and the cow, and also the goat, who lived alone. It had been a lean year, and the lions' food supply was dwindling because they ate only the best wild game meat. But Señor León and Señora Leona were too proud to admit their need and ask for help from their neighbors, whom they considered inferior. One day they had almost nothing left to eat in their den. The lioness woke up very hungry.

"Something has to be done, Husband," she said to her mate, "or we will starve to death. This is wrong, for we are the strongest, most beautiful and powerful animals in the land, and we were born to rule. It cannot be allowed to happen," she added, nudging her drowsy husband with her snout. "After all, it is written that the big fish shall eat the little fish. That is the way it is and always will be."

The lion rose from his nap, shaking out his golden mane to its full glory, for he was proud of his regal appearance. "You are right, Wife. I have been thinking about our situation, and I have a brilliant idea.

"You know that of all our neighbors, the least important is the young goat, Cabrito, yet goat is almost as tasty as any wild game, if you cook it correctly, that is. And Cabrito lives alone. No one will miss him. If we have to eat one of our neighbors, we should choose wisely and not cause panic among the others. Don't worry, my dear Wife, we will eat like royalty again and live by our wits until the wild herds return."

"Tell me your plan, dear Husband," said the lioness, licking her lips while imagining herself cooking up a pot of *mondongo*, tripe stew.

"This is what we'll do," said the lion, stretching his limbs so that his wife could admire his powerful muscles. "We have to be very subtle so that no one will know what we have planned for Cabrito. First, we will invite all our neighbors to a grand fiesta. You, my dear, will ask all your *comadres* in the forest to bring their musical instruments. Make sure to praise their abilities and suggest that they bring their partners for the dance. While everyone is dancing and having a good time," the lion did a little dance around an imaginary circle to amuse his wife, "we will lure the goat away from the crowd toward the hearth. Then you and I will push the goat into a cauldron of boiling water. Because there will be music and dancing and lots of noise, no one will notice that a common goat is missing. You and I will have our royal feast after the party."

"You're a genius, Señor León," purred the lioness, rubbing her head against her husband's bushy mane.

"I agree with you, Señora Leona, and you're my perfect, beautiful mate," said the lion, and they both growled softly in mutual admiration.

In the next few days, the lion and the lioness worked frantically to prepare for the grand fiesta. They had to hurry because their stomachs were growling and their fine coats were growing dull from lack of nourishment. They cleaned their den and decorated it with flowers. Then the lioness went around the forest issuing the invitations. She saw the mare first, contentedly grazing on some dry grass.

"Hola, Doña Leona," called out the mare, surprised to see her refined neighbor out walking in the noonday heat. "What are you doing out here at this hot hour of the day?"

"*Buenos días*, Comadre Yegua. I came to invite you to a grand ball my husband and I are giving in our den. You and Señor Caballo have such handy drumsticks for feet that I thought you would agree to play the bongos and congas for us."

Pleased to be asked to a fiesta at the lions' den, the mare tapped her feet on a tree trunk and neighed. "*Sí*, Doña Leona, of course we'll go to your party. The forest needs some fun. After all, it has been a hard year for some of our neighbors. My husband and I will come and play the drums for your guests. Would you like to graze with me? The grass is very tasty on this side of the field."

"No, *gracias*, Comadre. I'm not hungry," said the lioness, eager to be away from the smelly horse. She said to herself, I would rather starve than eat grass.

She hurried down to the shade tree where the two fat, lazy burros were taking their siesta. They were snoring so loud that birds were frightened from their nests in the nearby trees. The lioness held her breath before approaching these animals that she considered unrefined and beneath her station in every way.

"Comadre Burra." There was a great snort from the burra as she awakened abruptly. Her ears stood straight up when she heard her name spoken in such an elegant way by such a deep voice. She gave her husband a little kick in the rump to wake him up. But, still sleepy and confused, she ended up facing in the opposite direction to the lioness. "Who is calling my name?" she whinnied. The burros were not known for their sharp minds, thought the lioness, and for good reason.

"Over here, Comadre," said the lioness, catching a whiff of the burros' unmistakable barnyard scent in spite of her attempt to hold her breath. If we weren't so hungry, she thought, I would never visit these vulgar animals in their dirty homes. But she stood her ground like a queen in her elegant golden coat, waiting for the donkey to make sense of things.

"Doña Leona, what an honor it is to have you in our neighborhood." Hearing what she thought was the beginning of an angry roar coming from the *leona*, and thinking that she had somehow offended the proud lioness, the burra hurriedly added, "Won't you have some hay with us?"

"No, *gracias*, Comadre Burra. I have already eaten. I came to invite you and your husband to our party tonight. The horse and mare will be playing the drums, and if you like, you can play them when they get tired. I know you have musical hooves, too."

"We will be there, Comadre. But I will bring the tuba to play. I have been practicing and gotten very good at it, so good that some say I could play the tuba in my sleep."

"Fine, fine. Come early." What a ridiculous instrument for a burro to play, she thought. This is why burros are burros. They have very little sense, a tough hide and their only value is as pack animals. The lioness promised herself that when things were back to normal in the forest and they once more had a full larder, she would never talk to these common animals again.

Growing more famished by the hour, the lioness ran to invite the cats and ask them to sing. A terrible sound that can wake an entire forest, thought the lioness. And it is impossible to know, by the sounds they make, whether they are celebrating or fighting. All these inferior felines knew how to do was disturb the peace.

"*Gracias*, Doña Leona. Señor Gato and I will be glad to serenade our neighbors all night at your party. Would you like to share our fish head?"

"It looks delicious, Comadre Gata, but I am not hungry. I have more neighbors to invite today. *¡Adiós!*"

Then she walked over to the pasture, where the bull and the cow were chewing their cud, slapping flies away with their tails. As if there were nothing better to do, thought the lioness. Don't they get sick of eating the same thing day in and day out? They must lack imagination. She would rather be a hungry lion, she decided, than a lazy cow. Yet the lioness persuaded Comadre Vaca to come to the party. The cow, flattered by the invitation, promised that she and Señor Toro would attend the fiesta. They would wear bells on their horns and around their necks. "That should make a merry sound. *¡Gracias! Hasta luego.*"

Coming up to the dogs' house to issue the final invitation, the lioness was feeling more confident than ever that her husband's plan would be a total success. They had decided to avoid suspicion by getting Señor Perro and Señora Perra to bring the goat to the party. They knew that the dog and the goat were good friends, and if the *perro* went somewhere, the goat would follow.

"Comadre Perra, I have come to invite you and your husband to a grand fiesta at our den. I hope that you will come and bring your friends." The dogs stopped gnawing over their dinner bones to greet the lioness, whose growling stomach had startled them. She was very hungry by now.

"Doña Leona, you honor us with your invitation. Would you like to share my tasty bone?" asked the *perra*, dropping a bone in front of the lioness.

The lioness stepped back from the dirty bone, hiding her disgust behind a fake smile. "No, *gracias*. I am saving my appetite for the feast tonight. I hope you will tell your friends, including the lonely Cabrito, that this is a party not to be missed. I know he lives alone. This will be a good time for him to make friends or maybe even find a wife." Her stomach growled again at the thought of goat stew. The sound was so loud the dogs yelped in alarm.

The lioness said, "Maybe you can do a little howling at the fiesta. You have such fine singing voices. *Adiós*, I have to hurry back to get ready." And she bounded into the forest, pleased with how the plan was working. Nothing like a little sweet talk to get simple minds to do your bidding, she said to herself.

Since the dog and the goat were good friends, Don Perro and Doña Perra decided to walk with Cabrito to the party. On the way, Doña Perra told her husband that he should stay close to his friend at the fiesta, for she had a feeling that the lioness had been hiding something from them.

"Thank you, Wife. I trust your instincts. You know that my friend Cabrito and I made a promise that we will always help each other. I will be especially watchful tonight."

It was as noisy a party as the lion had predicted, with the animals playing their instruments and singing couples joining in with their meows, their neighs, their grunts and their howls. The lion and the lioness roared like thunder to show off their power, and the ground shook under the stomping feet and prancing hooves of the guests.

The goat skipped and jumped like goats do when they dance, keeping time with his fluffy, long tail. But the whole time he felt that he was being stared at. Cabrito glanced over at the lions, who waved at him as they piled wood on a cooking fire.

The nervous little goat went over to the dog, who had been keeping an eye on his friend and on the lions.

"Señor Perro, look at how the lions are staring at me and licking their lips. I have a feeling that that fire is meant for me!"

"I think you may be right, Cabrito. We need to leave this fiesta now. Follow me," said the dog.

The two friends took off running and leaping into the forest.

"Don't let our feast escape!" hissed the lioness to her husband.

The lion bounded after them.

When the dog and the goat got to the river, the dog jumped in and swam to the other shore. But the

goat was afraid of deep water. He was nearly para-
lyzed with fear as he looked one way and then the
other, facing the raging river ahead and seeing the
roaring lion approaching from behind.

The dog yelled, "Quick. Jump into that pile of
straw and branches and hide, Cabrito!"

Cabrito did as he was told, but he accidentally
left his tail hanging out of the stack. The lion
pounced on the tail. He was furious at having been
discovered by these two simple animals and determined to have his goat stew.

"I have you now, Cabrito!"

From the other side of the river, the *perro* began
yelling taunts at the lion. He knew the arrogant lion
would not be able to resist a challenge.

"Señor León, you are so strong, why don't you
come after me? I bet you can't lift that puny stack of
straw and wood! Throw it at me, if you want to
show me that you can!"

"Dog, I can lift the pile, throw it at you and eat
you and your goat friend, all in one bite! Watch
this!" The lion lifted the pile, holding on to the goat's
tail with his mouth, and then he swung it with all his
might across the river at the dog.

To the lion's astonishment, after the mighty toss,
the goat's hairy tail was all that was left in his
mouth. He spat it out.

"You'll pay for deceiving me, Perro and Cabrito!"
He sputtered, shaking out his mane. He bounded
off, but at the edge of the forest, he stopped and
roared, "Your tail tastes like wet straw, Goat. I'm

glad you will not be our dinner!" Then he ran back to the party, where he and Doña Leona would have to eat what their neighbors had brought to the fiesta and pretend to like it.

The goat emerged from the pile of straw on the other side of the river. Cabrito hopped around his amigo, glad to be alive, even though he had lost most of his beautiful, long tail. Looking a little sad, he tried out his new stub. He decided that it was still good enough to wiggle back and forth like a little hand waving, and it was still good enough to express his happiness. He thanked Señor Perro for saving his life.

"*De nada*," said the dog, "this is what friends are for, to help and to protect each other. By the way, your stubby tail looks good. It suits you, *amigo*."

"*Gracias, gracias*, my friend," said the goat, proudly waving his stub. He was grateful to have such an intelligent and loyal friend as Señor Perro. The dog and the goat then walked home together. They practiced the story they would tell Doña Perra and their neighbors about their adventure at the animals' grand fiesta and how they had outsmarted the arrogant lion.

Y colorín, colorado, the tale of how the goat lost his tail to the lion, but was saved by his friend, is now told.

The Brave Little Ant
and El Señor Chivo

L ong ago, in the countryside of Puerto Rico, there lived an old couple named Don Ramón and Doña María. Their home was a *bohío*, a hut made of wooden posts with a palm-frond roof, and a hard-packed dirt floor, that they kept neat and clean. They made their own chairs and tables, and even their spoons, from the wood of the big *ceibas*, the Kapok trees that grew all around their home.

In their garden the couple grew lettuce, peppers, squash, pigeon peas, manioc, bananas, a few stalks of corn and even gourds, from which they made bowls and containers of all sorts. When they harvested their lettuce, peppers, pumpkins, peas, yuccas, plantains, bananas and corn, they had enough to eat and some left over to sell for money at the market. Doña María and Don Ramón had a simple, but happy, life together in the peaceful *campo*.

One year, they had the best harvest ever. The lettuce was greener, and the golden corn was bigger than ever.

The old man and the old woman were happy planning the tasty meals they would cook for each other and how much money they would make at the market. One morning, as the old man drank his *café con leche* at his favorite chair in front of the *bohío*, savoring the sweetness of the fresh milk in his coffee, he looked out of the window at his garden and said to his wife: "María, come see how beautiful my lettuce looks. It's like giant green roses!" Then he went outside and picked a head of lettuce and presented Doña María with a bouquet of lettuce leaves.

Laughing, she said to him: "*Ay*, Ramón, put on your glasses so you can see that the most beautiful thing in our garden is my golden corn and my red and green peppers. They look like girls dressed up for a fiesta." Doña María whirled in a circle and did a little dance for him so that her red skirt looked like a flower blooming.

And so Doña María and Don Ramón watched their garden grow and thrive day by day. They were very happy that their hard work had been rewarded with such a wonderful harvest.

One morning, the old man came to the door of his *bohío* to enjoy the warm morning sun. He saw something strange: the plants in the garden were shivering and shaking. At first, he thought it was the

wind blowing through the stalks of corn, but the wind was not blowing. Then old Ramón put on his glasses and looked closer. He then saw horns poking through the plants. Then a head popped up, and Don Ramón looked right into the yellow eyes of a billy goat! It was eating the rows of corn and moving down another row to eat everything else! Don Ramón got his cane and walked as fast as he could toward the animal, being careful not to step on María's plump peppers and his beautiful heads of lettuce. Out of breath, but determined to be calm, Don Ramón stood before the goat. The *chivo* ignored him and kept on eating.

"Señor Chivo," Don Ramón said politely, *"Buenos días.* May I speak to you for a moment?" But the goat just kept on eating the corn, chewing slowly and spitting out the hardest kernels.

"Señor Chivo," the old man tried again, "I have come to ask you not to eat the corn my wife and I have planted. We have worked very hard planting it and taking care of it. We are old and poor, Señor Chivo, and will not have food to eat and to sell at the market if you destroy our garden. Please go away and let us enjoy the fruits of our labor."

But the mean chivo just said "bah" to the old man, aiming his horns at poor Don Ramón. Frightened, the old man hurried home.

"María, María, open the door," he called out, "there is a mean goat in our garden. *¡Ay bendito!* So much work and our *lechuga*, our corn, our peppers, everything we planted, are being eaten by this terrible chivo. What are we going to do?" He hurried inside the *bohío*, shutting and bolting the door behind him.

"Calm yourself, Ramón." Doña María looked out their little window and saw the goat eating and spitting as he went up each row of their garden. "Let me try to reason with him. I will explain to Señor Chivo how much our garden means to us. Maybe he will listen to me."

And so the old woman went to where the billy goat was eating all her sweet pigeon peas, and she said to him, "Good day to you, Señor Chivo. I want to beg you to stop eating our *gandules* and our lettuce, peppers, pumpkins, peas, manioc, plantains, bananas and corn. My Ramón is an old man and cannot work any harder than he does. You're a young goat. You can find food somewhere else. *Por favor,* have pity on an old woman and an old man, Señor Chivo!"

But the billy goat ignored her pleas. The chivo had spent his life taking what he wanted. He had no friends because of his bad temper, and he had never learned to laugh. He aimed his big horns at Doña María: "Bah," he said in a rough voice, "I don't care if you are old and cannot work. I will eat what I want from your garden. Run, or I will make you fly with my horns!"

The old woman saw that she was in danger and ran to the *bohío* yelling: "Ramón, Ramón, open the door! This mean goat does not listen to reason. How impolite! How mean! Open the door, *abre la puerta*, Ramón!"

And the frightened Doña María fell into her rocking chair, shivering and crying. The two old people sat together, getting sadder and sadder because they did not know how to stop the terrible goat before he ate everything. *"Ay, ay,"* the old woman and the old man cried, *"Ay, ay, ay."* After all the hard work they had put into their beautiful little garden, all would be lost to the mean goat.

Then, as the old man was dozing off, exhausted from a very bad day, he felt an itch on the corner of his ear. When he started to scratch, he felt a tickle in his hand. He looked at it and saw a little ant on the tip of his index finger. It seemed to be trying to tell him something. So he brought it close to his ear. The ant said in a tiny voice, "I have seen what the goat has done to your vegetables, and I can solve your problem, Don Ramón. If you agree to do what I ask, I will get the evil Señor Chivo out of your garden."

Don Ramón woke his wife and told her what Señora Hormiga had said. The old woman and the old man doubted that a little ant could chase away the mean goat. But they nodded "Yes" to each other. *Sí,* they agreed that they were ready to try anything to save their garden. The *chivo* had eaten most of the corn, the peas and the lettuce already. And he was starting on a new row of vegetables! Ramón brought the little ant close to his ear.

"Señora Hormiga, what do you want us to do?"

The little ant answered, "I, too, have to feed my family, and if you do not have food, we do not eat, either. Please fill two little sacks for me. Fill one with flour and one with sugar for my *familia*. I will come back for my sacks when I finish the job."

Then the little ant hopped down from Don Ramón's finger to his shoulder. She crawled down his arm to his belt buckle and slid down his pant leg to his boot. Then she jumped off the boot's tongue to the dirt floor of the *bohío*. Don Ramón and Doña María watched from their front door as the little ant walked around rocks, over plants and around puddles until she reached their garden. But since she was so small, they lost sight of her among the plants. They prayed that she would not be stepped on by the mean Señor Chivo.

Señora Hormiga sat on a stump at the edge of the garden and watched the goat at work, chewing and spitting, chewing and spitting. To the little ant, the goat looked like a mountain she had to climb, a *montaña* with horns! She thought and thought about what to do. Señora Hormiga got an idea when she saw Señor Chivo stop to scratch himself as a fly landed on his nose. The little ant watched as the goat tossed his head around, trying to get rid of the fly. He jumped up in the air and turned in circles until the fly flew away. That fly is no bigger than I am, thought the little ant, but I don't have wings, so I'll have to trick Señor Chivo another way.

A determined Señora Hormiga then set about the difficult task of climbing the goat. She hopped on his hoof. She was so light that he did not even feel it. Then she climbed up his hairy leg, hopping through fur that to her was like a forest of tall bushes and trees. During her climb up the leg, Señora Hormiga thought about which parts of the goat's body would be the best for her to work on. She made a map in her head of the goat and put X's where she would do her work, planning all her stops like a mountain climber with a long way to go to the top. Finally, she arrived at Señor Chivo's belly. Then she took a deep breath and did what she came to do. She tickled him with all her might.

From their *bohío*, the old man and the old woman listened to what was happening in their garden. They heard a surprised "Bah! *Ay, ay*. Ha, ha!" from the billy goat. The *chivo* was yelling and jumping up and down, as if something were crawling all over him. And something was!

The little ant hopped on the goat's belly and bit and wiggled her legs all over the tender skin. And when the goat lifted his leg to scratch it, the little ant tickled him under his knee. And when the goat lifted his other leg to scratch the new place, the little ant ran up and down his side, her tiny legs making his skin feel tingly all over. The goat was doing a dance, laughing and crying at the same time.

This went on and on, with the ant tickling and biting the billy goat here and there, and there and here, until the *chivo* was prancing all over the garden and yelling, "Bah! Bah! Bah! ¡Ay! ¡Ay! ¡Ay! Ha, ha, ha!"

The goat got so itchy-crazy that he finally threw himself down on the ground to scratch himself all over.

He rolled around, not looking where he was going. Soon he rolled off the edge of a hill. There, Señora Hormiga jumped off while the goat kept rolling and rolling down the hill. And he kept rolling away until he was no more than a cloud of gray dust in the distance. Don Ramón and Doña María hugged each other and danced together for joy! Señor Chivo was gone, thanks to the brave little ant!

Señora Hormiga then returned to the *bohío*, where the old couple was waiting with the two little sacks of flour and sugar for her family. They thanked the ant for saving their garden.

"*Gracias*, brave Señora Hormiga. We will now fix our garden, and you will always be welcome in our *bohío*," Don Ramón said to her.

"And I will buy extra sugar and flour at the market for you and your family, Señora Hormiga," said Doña María, "because I know that you will protect our garden so we will all have enough to eat."

"You're welcome," answered the little ant as she walked away, carrying her sacks of food. "I am happy that I could help you. When you are very small like me, sometimes you have to solve big problems by using your brain. *Adiós, amigos,* I will not be far. Call me if you need me."

And old María and old Ramón waved good-bye to the smart little ant that had saved their vegetable garden. Tomorrow they would work in their garden again, knowing that they did not have to be afraid of Señor Chivo, even if he returned, not with the brave little ant on their side.

A Funeral for Nangato

Once upon a time, there was a village of mice where the mice lived in harmony and were good neighbors. They had many rules and sayings that they repeated often and obeyed blindly, such as: "What is mine is yours, and what is yours is mine." And "We're all equal. The sun shines for all of us."

One day, Señora Ratona was about to cook a meal for her family when she discovered that she was out of *adobo*. She told one of her little mice to go to her *comadre*'s house and borrow a little of the spice, or the meal would lack flavor. "I know you have never walked down that road alone, *hijo*, but you have to learn to face the world. Persevere and you will succeed. And remember to watch out for Nangato! He is a sly cat."

The little mouse said "*Sí*, Mamá Ratona. I will do as you say," and started on the road to his godmother's house. Because he was just a little bit afraid of being eaten by Nangato, he whistled and skipped and tried to think of other things besides the cat. After all, he had heard his mother say, "He who fears death does not enjoy life."

Then as he reached a bend in the road, right in front of him, looking like a hill of fur with pointy ears and a tail blocking the way, lay Nangato. The huge cat was lying so still that he looked dead. The little mouse, his heart pounding, ran back to a safe distance, hid behind a rock and watched Nangato to see if he moved. Nangato was still as a log. After staring at the cat for a long while, the little mouse decided to run back home and tell his mother that their enemy, Nangato, was dead.

"Mamá, Mamá," he burst into the house yelling, "Nangato is dead on the road!"

Señora Ratona said, "This is good news for us, son. Every cat has his day. It is time to plan Nangato's funeral. Thank you, son."

She told a neighbor who was passing by, who then told the next mouse he met on the road, who in turn ran down to the next house and told the family there. Soon the news that Nangato was dead on the road had spread all over the pueblo. But no one went to see if this was true, for they all believed something they had told one another all their lives: "Great minds think alike." It was as it had always been in the mouse village: if one of them said Nangato was dead, then he was dead, and they would all bury him together. As the saying goes, "All for one and one for all."

The mouse community decided to have a meeting on the plaza to make a plan, and together they agreed to give their old enemy, Nangato, a proper funeral because you have to "be good to those who treat you badly, and forgive your enemies. Let bygones be bygones." Nangato had been their enemy in life, but now they had nothing to fear.

The mice recited this motto as they paraded down to where the cat lay dead. They made a giant pallet from sticks they gathered on their way. Then the biggest and strongest mice rolled the cat onto it, and they heaved him up and carried him to the Mouse Cemetery, where they intended to bury him.

On the way there, the procession of mice grew and grew until practically every mouse from the region was marching in Nangato's funeral parade. All the mice were secretly glad that their old enemy was dead, but they reminded themselves of their duty to others by chanting their proverbs together as they marched: "Trust one another. Forgive your enemies. Be a good neighbor," and so on. But soon it became more like a party, and there were cheers from some mice: "Hooray, hooray, Nangato is dead!"

Finally, the big crowd of mice arrived at the Mouse Cemetery and set Nangato down. The leaders agreed that the biggest, strongest mice should dig a hole for the dead cat. Then everyone would push him over. And so they got in groups and

worked together like mice do when there is a job to be done. "One, two, three, push!"

It was at that moment, when all the mice were busy pushing him into his grave, that Nangato rose like a whale out of the sea and pounced on them. The wily cat had been playing dead all along, watching every move the mice made through half-closed eyes, waiting for the right time to strike.

"The game's not over 'til it's over! Silly mice, you were too busy planning my funeral to see that I am still alive!" Nangato shouted while pouncing on them.

Since he had caught the mice by surprise, Nangato managed to grab quite a few, especially the big ones that were down in the hole. Many others scattered through the woods, back to their pueblo, where they stayed hidden for a long time, fearing that Nangato would come after them.

Finally, days later, when the mice dared to come out of their homes, they had a meeting to come up with new rules for their lives. They were wiser mice, now, after having been tricked by Nangato. Mamá Ratona took all her children to the meeting because there's something to be learned every day; as a wise mouse once said, "it is never too late to learn something new."

And ever since the day of Nangato's funeral, the mice practice some new guidelines, such as: "Don't believe everything you hear, even if you hear it a hundred times!" and most important of all, "Never, ever disturb a sleeping cat because cats have nine lives!"

The Parrot Who Loved Chorizos

Once upon a time, there was a Puerto Rican parrot named Señor Loro who loved the succulent chorizos his mistress' cook put into tasty stews on special occasions. He was a smart bird who would wait until the cook left the kitchen, then fly low over the pot to pick out a juicy sausage with his beak — quick enough so he wouldn't get a single feather scorched! Then Señor Loro would take it back to his cage in the dining room. There, he would drop it in his seed tray and eat it in secret. Señor Loro was a smart parrot.

The frustrated cook could never catch the chorizo thief since the culprit left no trace or clue behind. Who could be stealing the sausages without someone seeing or hearing something? Ghosts don't eat chorizos! She had to solve the mystery soon, or people would think that she was the one eating the missing chorizos!

Soon after, the cook came up with a plan to reveal the thief. She pretended to leave the kitchen, and instead she went to hide behind the door. Still and quiet, she waited and watched the pot of boiling stew, waiting for the thief to walk in. That's how she saw the parrot in action, hovering over the pot, his wings flapping so fast they were practically invisible, darting this way and that as he made his selection, then plucking out the plumpest chorizo with his beak. The tricky bird then buzzed out of the kitchen like a streak of green lightning.

The first time, the cook just watched Señor Loro in shock. She said nothing about it to anyone, for the bird was her mistress' darling pet. But soon, she had an idea for catching the chorizo burglar in the act. One day, she made sure to tell others in the house about a very special pot of chorizos she was cooking for dinner. Overhearing the word "chorizo," the parrot listened to the conversation around him while pretending to be cleaning his beak and preening his coat.

He kept his beady eyes on the kitchen. The cook saw how he stretched his wings and paced back and forth on his perch, muttering to himself—sure signs to her that devil of a parrot was very interested in the special chorizos everyone was talking about.

That night at dinnertime, the cook hid behind the door again. When Señor Loro saw that the coast was clear, he flew over the steaming pot, ready for his daring dive and quick get-away. But this time it was different. When he stuck his head into the pot to grab his treat, the cook was ready. She ran to the stove and grabbed him. Then she held him by his feet over the pot of boiling water, threatening to make a parrot chorizo out of him.

"I have you now, evil *loro*." She dangled him a little closer to his beloved chorizos, which now that Señor Loro saw them so close, seemed much less appetizing to him.

"*¡Socorro, ayuda*, help!" screeched the parrot, calling for help every way he could think of, for Señor Loro could speak Spanish as well as any native Puerto Rican. "*¡Por favor, Señora, rescáteme!*" he called out to his mistress in pitiful squeals. But the furious cook was not in the mood to listen to the thieving bird's pleas. Also, the lady of the house was away for the day. The crazy *loro* could scream himself hoarse in her kitchen, where no one would come to his rescue.

The cook lifted the soggy, dazed bird with the tips of her fingers like a greenish sausage, and looked him right in the eye. "Do you promise never to steal my chorizos again, you rotten bird?"

Señor Loro was ready to promise her anything to escape the terrible fate of being cooked in the chorizo pot, for as much as he had once loved them, he now wanted to be as far away from them as possible.

"*Sí*, Señora. I promise you that from this day on I will only eat breadcrumbs that fall from my mistress' table. I will never steal your chorizos again!"

Before she released him, the cook made the bird repeat the promise several times while showing him the boiling pot of sausages from very close up.

The parrot promised her again and again, speaking eloquently in his perfect Spanish, that he would never steal chorizos again. Unfortunately, by the time the cook pulled his head out of the steaming pot, something terrible had happened — the parrot had lost all his head feathers. He was bald!

After this fateful day, feeling humiliated, Señor Loro kept to himself on his perch or in his cage. It was sad to see the once proud Puerto Rican parrot topped with a shiny bald pate where there should have been a crown of emerald feathers.

But let it be said, Señor Loro kept his promise. He never stole a sausage again. However now and then, he accepted treats from his mistress, who felt sorry for her bald parrot. She cried when he told her, in his perfect Spanish (which always delighted her and her guests), about his accident, how he nearly fell into a pot of boiling water one day while he was keeping the lonely cook company in the kitchen.

"*Sí*, Señora, I nearly drowned, but the good cook saved me."

"My poor little Señor Loro, I'm so glad you are still here to keep all of us company and to entertain us with your stories at dinner. You're a treasure. Here, have another little piece of cake."

Thank heavens that for as long as he had a tongue, Señor Loro did not have to survive on breadcrumbs alone!

But this is not where this story ends. There is still a little more to tell.

One day, there was a big dinner party given by the parrot's mistress for a very important man. Everyone sat at the table and began to eat and socialize, but Señor Loro, who had fixed his beady eyes on the guest of honor, kept interrupting the conversation. He flew around and around the table, as if fascinated by the gentleman, and muttering to himself. Everyone was amused by Señor Loro's odd behavior. The bird alighted on the man's shoulder and kept staring at him. Then, Señor Loro flew on top of the man's head, landing on a surface so smooth and shiny he could see himself on it. The man was as bald as he! The bird blurted out: "Important Señor, how marvelous! I see that you were caught stealing chorizos, too!"

Note: It may be of interest to young readers to know that there is a species of green parrot native to the island of Puerto Rico (Amazona Vittata), and that it is an endangered species.

La fiesta de
los animales
Leyendas latinas

Judith Ortiz Cofer

Traducción al español de Natalia Rosales-Yeomans

PIÑATA
BOOKS

PIÑATA BOOKS
ARTE PÚBLICO PRESS
HOUSTON, TEXAS

Animal Jamboree: Latino Folktales / La fiesta de los animales: Leyendas latinas ha sido subvencionado por la Ciudad de Houston por medio del Houston Arts Alliance.

¡Piñata Books están llenos de sorpresas!

Piñata Books
An imprint of
Arte Público Press
University of Houston
4902 Gulf Fwy, Bldg 19, Rm 100
Houston, Texas 77204-2004

Diseño de la portada de Mora Des!gn
Ilustraciones de Ted Dawson y Giovanni Mora

Cofer, Judith Ortiz, 1952-
    [Short stories. Spanish & English. Selections]
    Animal Jamboree: Latino Folktales = La fiesta de los animales: Leyendas latinas / by = por Judith Ortiz Cofer; Spanish translation by = traducción al español de Natalia Rosales-Yeomans.
        v. cm.
    Summary: A collection of four Puerto Rican folktales featuring lions, mice and a brave little ant, as well as other animals.
    Contents: The Animals' Grand Fiesta = La gran fiesta de los animales— The Brave Little Ant and El Señor Chivo = La valiente hormiguita y Señor Chivo—A Funeral for Nangato = Un funeral para Nangato—The Parrot Who Loved Chorizos = El loro que amaba el chorizo.
    ISBN 978-1-55885-743-8 (alk. paper)
    1. Animals—Juvenile fiction. 2. Tales—Puerto Rico. 3. Children's stories —Translations into Spanish. [1. Animals—Fiction. 2. Folklore—Puerto Rico. 3. Short stories. 4. Spanish language materials—Bilingual.] I. Rosales-Yeomans, Natalia. II. Title.
    PZ74.1.C56 2012
    [Fic]—dc23

2012008730
CIP

♾ El papel utilizado en esta publicación cumple con los requisitos del American National Standard for Information Sciences—Permanence of Paper for Printed Library Materials, ANSI Z39.48-1984.

© 2012 por Judith Ortiz Cofer
La fiesta de los animales: Leyendas latinas © 2012 por Arte Público Press

Impreso en los Estados Unidos de America
Abril 2012–Mayo 2012
Versa Press, Inc., East Peoria, IL
12 11 10 9 8 7 6 5 4 3 2 1

Índice

La gran fiesta de los animales
1

La valiente hormiguita y Señor Chivo
13

Un funeral para Nangato
23

El loro que amaba el chorizo
29

Le dedico este libro a
John, Tanya, Dory y Elias John

Agradezco a los primeros lectores
Erin Christian, Kathryn Locey y John Cofer
por sus valiosas sugerencias.

La gran fiesta de los animales

Había una vez un león y una leona que vivían en el bosque a las orillas de un campo. Ellos se creían mejores que cualquiera de sus vecinos. En los alrededores había una comunidad de animales de rancho, incluyendo el caballo y la yegua, el burro y la burra, el gato y su esposa, el toro y la vaca, además del cabrito que vivía solo. El año había estado flaco y la reserva de comida de los leones escaseaba porque ellos comían sólo la mejor de la carne silvestre. Pero Señor León y Señora Leona eran demasiado orgullosos para admitir sus necesidades y pedir la ayuda de sus vecinos, a quienes consideraban inferiores. Llegó el día en que ya no les quedaba casi nada que comer en su guarida. La leona se levantó muy hambrienta.

1

—Tenemos que hacer algo, marido —le dijo a su pareja— o nos moriremos de hambre. Esto está mal, nosotros somos los más fuertes, más bellos y poderosos animales en la tierra, y hemos nacido para dominar. Esto no puede suceder —agregó, empujando a su adormilado marido con el hocico—. Después de todo, está escrito que el pez gordo se coma al chico. Así es y así seguirá siendo.

El león se levantó de su siesta, sacudiendo su melena dorada en todo su esplendor, orgulloso de su majestuosa apariencia. —Tienes razón, mujer. He estado pensando acerca de nuestra situación y tengo una idea brillante.

—Tú sabes que de todos nuestros vecinos, el menos importante es el joven cabrito. La carne de cabra es tan sabrosa como cualquier carne silvestre, si la cocinas bien. Cabrito vive solo y nadie lo va a echar de menos. Si tenemos que comer a uno de nuestros vecinos, debemos elegir con inteligencia, y no causar pánico entre los demás. No te preocupes, querida, volveremos a comer como reyes otra vez y viviremos de nuestro ingenio hasta que la manada salvaje regrese.

—Dime tu plan, querido —dijo la leona, lamiéndose los labios mientras se imaginaba cocinando un plato de mondongo de tripas de cabrito.

—Esto es lo que haremos —dijo el león, estirando sus extremidades para que su esposa pudiera admirar sus poderosos músculos—. Tenemos que ser muy sutiles para que nadie vaya a notar lo que tenemos planeado para Cabrito. Primero, invitaremos a

todos nuestros vecinos a una gran fiesta. Tú, querida, le pedirás a todas tus comadres del bosque que traigan sus instrumentos musicales. Asegúrate de elogiar sus habilidades y sugiéreles que traigan a sus parejas de baile. Mientras todos estén bailando y pasándola bien —dijo el león danzando alrededor de un círculo imaginario para entretener a su mujer—, vamos a atraer a Cabrito lejos de la multitud hacia la lumbre. Ahí es cuando lo empujaremos dentro de un caldero con agua hirviendo. Como habrá música, baile y mucho ruido, nadie echará de menos a una simple cabra. Después de la fiesta, tú y yo tendremos nuestro festín real.

—Es usted un genio, Señor León —ronroneó la leona, frotando su cabeza contra la melena peluda de su marido.

—Estoy de acuerdo con usted, Señora Leona, y usted es mi bella pareja perfecta —dijo el león, y ambos rugieron suavemente en mutua admiración.

Durante el siguiente par de días, el león y la leona trabajaron como locos preparándose para la gran fiesta. Debían apurarse porque sus estómagos rugían y su pelaje se volvía cada vez más pálido por la falta de nutrientes. Limpiaron su guarida y la decoraron con flores. Después la leona se paseó alrededor del bosque entregando invitaciones. A la primera que vio fue a la yegua, que con satisfacción pastaba hierva seca.

—Hola, Doña Leona —saludó la yegua, sorprendida de ver a su refinada vecina caminando al calor

del mediodía—. ¿Qué es lo que hace usted aquí a esta hora tan calurosa del día?

—Buenos días, Comay Yegua, vine a invitarla al gran baile que mi marido y yo haremos en nuestra guarida. Las pezuñas de usted y Señor Caballo serían tan buenas como palos que pensé que aceptarían tocar los bongós y congas para nosotros.

Encantada de haber sido invitada a la fiesta en la guarida de los leones, la yegua dio golpecitos con sus patas en el tronco de un árbol y relinchó. —Sí, Doña Leona, claro que iremos a su fiesta. El bosque necesita un poco de diversión. Después de todo ha sido un año difícil para algunos de nuestros vecinos. Mi marido y yo iremos y tocaremos tambores para sus invitados. ¿Le gustaría pastar conmigo? La hierva es muy sabrosa en este lado del campo.

—No, gracias, Comadre. No tengo apetito —dijo la leona ansiosa por alejarse de la hedionda yegua. Y dijo para sí preferiría morir de hambre que comer hierva.

Se apresuró hacia la sombra de un árbol donde dos burros gordos y flojos estaban tomando una siesta. Estaban roncando tan alto que asustaban y alejaban a los pájaros de sus nidos en los árboles cercanos. La leona contuvo la respiración antes de acercarse a esos animales que consideraba faltos de refinamiento y muy por debajo de su nivel de cualquier manera.

—Comay Burra. —La burra lanzó un estruendoso rebuzno mientras despertaba abruptamente. Sus orejas se alzaron bien rectas al escuchar su nombre pro-

nunciado con tal elegancia por aquella voz tan pro-
funda. Le dio a su esposo un golpecito en el trasero
para despertarlo. Pero, aún adormilada y confundida,
terminó volteando en dirección opuesta a la leona—.
¿Quién está llamándome? —rebuznó. Los burros
nunca han sido conocidos por sus mentes agudas,
pensó la leona, y con razón.

—Por aquí, Comadre —dijo la leona, oliendo la
peste inconfundible del burro a pesar de sus intentos
por contener la respiración. Si no estuviéramos tan
hambrientos, pensó, yo nunca habría visitado a estos
vulgares animales en sus sucias casas. Sin embargo
se mantuvo firme como una reina en su elegante
pelaje dorado, esperando a que la burra se diera
cuenta de lo que pasaba.

—Señora Leona, qué honor tenerla en nuestro
vecindario. —Oyendo lo que le pareció era el inicio
de un rugido, y pensando que de alguna manera
había ofendido a la orgullosa leona, la burra apresu-
radamente agregó—, ¿No desea comer un poco de
heno con nosotros?

—No, gracias, Comay Burra. Ya comí. Vine para
invitarla a usted y a su marido a una fiesta esta
noche. El caballo y la yegua estarán tocando los tambores, y si quiere, ustedes pueden tocarlos cuando
ellos se cansen. Yo sé que ustedes también tienen
pezuñas musicales.

—Ahí estaremos, Comadre. Pero llevaré una tuba
para tocar. He estado practicando y me he vuelto
muy buena, tanto que algunos dicen que podría
tocar la tuba dormida.

—Está bien, está bien. Lleguen temprano. —Qué
instrumento tan ridículo para ser tocado por un
burro, pensó la leona. Ésta es la razón por la cual los
burros son burros. Tienen muy poca sensibilidad,
una piel dura y su único valor es ser bestias de carga.
La leona se prometió que cuando todo volviera a la
normalidad en el bosque y ellos tuvieran una vez
más su alacena llena, nunca volvería a hablarles a
esos vulgares animales.

Luciendo más hambrienta conforme pasaban las
horas, la leona corrió a invitar a los gatos y les pidió
que cantaran. Qué sonido tan terrible; bien podrían
despertar al bosque entero, pensó la leona. Es impo-
sible saber si celebran o pelean. Lo único que sabían
estos felinos inferiores era cómo acabar con la paz.

—Gracias, Doña Leona. Señor Gato y yo estaremos encantados de ofrecer una serenata toda la
noche para nuestros vecinos en su fiesta. ¿Quiere
probar un poco de nuestra cabeza de pescado?

—Se ve deliciosa, Comay Gata, pero no tengo
hambre. Tengo más vecinos que invitar hoy. ¡Adiós!

Entonces se fue caminando hacia los pastizales,
donde el toro y la vaca rumiaban, espantándose las
moscas con sus colas. Como si no hubiera nada
mejor que hacer, pensó la leona, ¿No se cansarán de
comer la misma cosa día tras día? Deben ser cortos
de imaginación. Ella tenía claro que prefería ser una
leona hambrienta que una vaca holgazana. Aún así,
la leona convenció a Comay Vaca para que fuera a la
fiesta. La vaca, halagada por la invitación, prometió
que ella y Señor Toro asistirían a la fiesta, y que usa-

rían cencerros en los cuernos y cuellos. —Eso hará un alegre sonido. ¡Gracias! Hasta luego.

Yendo hacia la casa de los perros para hacer la última invitación, la leona se sentía más confiada que nunca de que el plan de su marido sería un éxito total. Habían decidido, para evitar sospechas, que Señor Perro y Señora Perra trajeran a la cabra a la fiesta. Sabían que el perro y el cabrito eran buenos amigos y que, si el perro iba a algún lugar, el cabrito también iría.

—Comay Perra, vine para invitarla a usted y a su marido a la fiesta que daremos en nuestra guarida. Espero que pueda venir y traer a sus amigos. —Los perros dejaron de roer los huesos que cenaban para saludar a la leona, que los sobresaltó con el gruñido de su estómago. Ya estaba muy hambrienta.

—Señora Leona, nos honra con su invitación. ¿Le gustaría probar un poco de mi sabroso hueso? —preguntó la perra, soltando un hueso frente a la leona.

La leona se alejó del sucio hueso, ocultando su disgusto tras una falsa sonrisa. —No, gracias. Estoy guardando mi apetito para el festín de esta noche. Espero que le diga a sus amigos, incluyendo al solitario Cabrito, que esta fiesta no se la debe perder nadie. Será un buen momento para que conozca amigos, o quizás hasta encuentre esposa. —Su estómago gruñó de nuevo al pensar en el guiso de cabra. El sonido fue tan fuerte que los perros aullaron alarmados.

La leona agregó —Quizás puedan aullar un poco durante la fiesta. Ustedes tienen tan fina voz para cantar. ¡Adiós!, tengo que apurarme para estar lista para la fiesta. —Y saltó hacia el bosque, encantada de cómo el plan iba funcionando. Nada como endulzar el oído de los de mente débil para que cumplan tus deseos, se dijo a sí misma.

Ya que el perro y el cabrito eran buenos amigos, Don Perro y Doña Perra decidieron ir con Cabrito a la fiesta. En el camino, Doña Perra le dijo a su marido que debería quedarse cerca de su amigo durante la fiesta, porque tenía el presentimiento de que la leona estaba escondiendo algo.

—Gracias, querida. Confío en tus instintos. Tú sabes que mi amigo Cabrito y yo hicimos la promesa de que siempre nos ayudaríamos uno al otro. Estaré especialmente atento esta noche.

Era una fiesta ruidosa, tal como lo había pensado el león, con los animales tocando sus instrumentos y cantando en parejas, participando con sus maullidos, relinchos, gruñidos y aullidos. El león y la leona rugieron como un trueno para mostrar todo su poder y el suelo se agitó con el pisoteo de las pezuñas de los invitados.

Cabrito saltó y brincó como hacen las cabras cuando bailan, llevando el ritmo con su larga y peluda cola. Pero todo el tiempo él sentía que estaba siendo observado. El nervioso cabrito echó un vistazo hacia donde estaban los leones, quienes lo saludaron mientras apilaban madera para un fogata.

El nervioso cabrito fue con el perro, quien había estado pendiente de su amigo y de los leones.

—Señor Perro, mire cómo me están observando los leones y cómo se lamen los labios. ¡Tengo la impresión de que esa fogata ha sido hecha para mí!

—Creo que tienes razón, Cabrito. Tenemos que irnos ahora. Sígueme —dijo el perro.

Los dos amigos escaparon corriendo y brincando hacia el bosque.

—¡No dejes que nuestro festín escape! —murmuró la leona a su esposo.

El león saltó tras ellos.

Cuando el perro y el cabrito llegaron al río, el perro saltó al agua y nadó hasta la otra orilla. Pero el cabrito le tenía miedo a las aguas profundas. Estaba prácticamente paralizado por el miedo mirando de un lado a otro, frente al furioso río, mientras se acercaba el feroz león.

El perro le gritó —¡Rápido! ¡Brinca en esa pila de paja y ramas y escóndete, Cabrito!

Cabrito lo hizo, pero accidentalmente dejó su cola fuera de la pila. El león se abalanzó sobre él. Estaba furioso por haber sido descubierto por estos dos simples animales y estaba determinado a tener su estofado de cabra.

—¡Te tengo, Cabrito!

Desde el otro lado del río, el perro comenzó a mofarse del león. Sabía que el arrogante león no resistiría un desafío.

—Señor León, usted que es tan fuerte, ¿por qué no me persigue? ¡A que no puede levantar esa pila de paja y madera! ¡Tíremela si cree que puede!

—Perro, ¡puedo levantar la pila, tirártela y comerme a ti y a tu amigo, todo en un sólo bocado! —El león levantó la pila, sosteniendo con la boca la cola del cabrito y la lanzó con todas sus fuerzas al otro lado del río hacia el perro.

Para la sorpresa del león, después del poderoso lanzamiento, la peluda cola del cabrito fue todo lo que le quedó en la boca. La escupió.

—¡Pagarán por haberme engañado! —Escupió, sacudiendo su melena. Se fue dando saltos, pero en la orilla del bosque paró y rugió— Tu cola sabe a paja mojada, Cabra. ¡Me alegró que no seas nuestra cena! —Entonces corrió de regreso a la fiesta, donde él y Doña Leona tendrían que comer lo que los vecinos habían llevado para la fiesta y disimular que les gustaba.

Cabrito salió de la pila de paja al otro lado del río. Se puso a saltar alrededor de su amigo, alegre de estar vivo, aún cuando había perdido la mayor parte de su larga cola. Un poco triste, movió su nuevo rabito. Decidió que todavía lo podía balancear de un lado al otro como una manita al aire, y todavía era lo suficientemente bueno para expresar su alegría. Le agradeció a Señor Perro por haberle salvado la vida.

—¡De nada! —dijo el perro—, para eso están los amigos, para ayudarse y protegerse unos a otros. A propósito, el rabito se te ve bien. Te queda, amigo.

—¡Gracias, gracias, amigo mío! —dijo Cabrito, meneando la cola con orgullo. Estaba agradecido de tener un amigo tan inteligente y leal como Señor Perro. Entonces el perro y el cabrito caminaron a casa juntos. Practicaron la historia que le contarían a Doña Perra y los vecinos acerca de la aventura de la gran fiesta de los animales y de cómo ellos habían sido más astutos que el arrogante león.

Colorín, colorado, la historia de cómo la cabra perdió su cola por el león y de cómo fue salvado por su amigo, se ha acabado.

La valiente hormiguita y Señor Chivo

Hace mucho tiempo, en el interior de Puerto Rico, había una pareja de viejitos. Don Ramón y Doña María vivían en un bohío, una choza hecha de postes de madera, techo de hoja de palma y piso de tierra comprimida, el cual mantenían limpio y cuidado. Ellos hacían sus propias sillas y mesas e incluso sus cucharas, de las maderas de las grandes ceibas que crecían alrededor de su hogar.

En su huerto la pareja cultivaba lechuga, ají, calabacín, gandules, yuca, guineos, unas cuantas plantas de maíz y hasta calabazas, con las que hacían todo tipo de tazones y contenedores. Cuando cosechaban la lechuga, el ají, la calabaza, los gandules, las yucas, los plátanos, los guineos y el maíz tenían suficiente para comer y hasta les sobraba un poco para vender

en el mercado. Doña María y Don Ramón tenían una vida simple pero feliz en la tranquilidad del campo.

Un año tuvieron la mejor cosecha de todas. La lechuga salió más verde y el dorado maíz más grande que nunca.

Los viejitos estaban muy felices planeando las deliciosas comidas que se prepararían uno al otro y pensando en el dinero que ganarían en el mercado. Una mañana, mientras el viejito tomaba su café con leche en su silla favorita frente al bohío, y saboreaba la dulzura de la leche fresca en su café, miró por la ventana hacia su huerto y le dijo a su mujer: —¡María, ven a ver lo bellas que se ven mis lechugas, parecen rosas verdes gigantes! —Luego salió y recogió una cabeza de lechuga y le dio a Doña María un ramo de hojas.

Riendo, ella le dijo —Ay, Ramón, ponte las gafas para que puedas ver que lo más hermoso que hay en nuestro huerto es mi dorado maíz y mis ajíes rojos y verdes. Se ven como niñas vestidas para una fiesta. —Doña María giró y bailó unos pasos haciendo que su falda roja pareciera una flor.

Y así Doña María y Don Ramón veían su huerto crecer y prosperar día a día. Estaban muy contentos de que su duro trabajo hubiera sido recompensado con tan maravillosa cosecha.

Una mañana, el viejito fue a la puerta de su bohío para disfrutar del calor del sol y vio algo extraño: las plantas del huerto temblaban y se sacudían. Al principio pensó que era el soplar del viento entre el maíz, pero el viento no estaba soplando. El viejo Ramón se

puso las gafas y observó con cuidado. Fue entonces cuando vio asomar unos cuernos entre las plantas. Después apareció una cabeza, y Don Ramón ¡se encontró directamente con los ojos amarillos de un chivo macho! ¡Estaba comiéndose una hilera de maíz y moviéndose hacia otra para comerse todo lo demás! Don Ramón tomó su bastón y caminó lo más rápido que pudo hacia el animal, cuidando de no pisar los ajíes de María y sus preciosas cabezas de lechuga. Sin aliento pero dispuesto a mantener la calma, Don Ramón se paró frente al chivo. El chivo lo ignoró y continuó comiendo.

—Señor Chivo —Don Ramón dijo con educación—, Buenos días. ¿Podría hablar con usted por un momento? —Pero el chivo siguió comiendo maíz, masticando despacio y escupiendo los granos más duros.

—Señor Chivo —el viejo intentó de nuevo—, Vine para pedirle que no se coma el maíz que mi esposa y yo hemos plantado. Hemos trabajado muy duro sembrándolo y cuidándolo. Somos viejos y pobres, Señor Chivo, y no tendremos alimentos para comer y vender en el mercado si usted destruye todo nuestro huerto. Por favor, váyase y déjenos disfrutar de las mieles de nuestro trabajo.

Pero el malvado chivo sólo dijo "bah" al viejo, apuntándolo con sus cuernos. Asustado, el viejo corrió hacia la casa.

—María, María, abre la puerta —le gritó—, hay un chivo malvado en nuestro huerto. ¡Ay, bendito! Tanto trabajo para que nuestra lechuga, nuestro

maíz, nuestro ají, todo lo que plantamos se lo trague este terrible chivo. ¿Qué vamos a hacer? —Se metió rápidamente en el bohío, cerrando la puerta con todo y cerrojo.

—¡Cálmate, Ramón! —Doña María miró por la ventanita y vio a la cabra comiendo y escupiendo mientras se movía de surco en surco por el huerto—. Déjame razonar con él. Le explicaré al Señor Chivo cuánto significa el huerto para nosotros. Tal vez él me escuche a mí.

Así la viejita se acercó a donde el animal se comía todos sus dulces gandules y le dijo —Buenos días tenga usted, Señor Chivo. Quiero rogarle que deje de comer nuestros gandules, nuestra lechuga, nuestros ajíes, calabazas, yuca, plátanos, guineos y maíz. Mi Ramón es viejo y no puede trabajar más fuerte de lo que lo hace ya. Usted es joven. Usted puede encontrar comida en otra parte. ¡Por favor, tenga piedad de unos viejos, Señor Chivo!

Pero el chivo ignoró sus súplicas. Había pasado la vida tomando lo que deseaba. No tenía amigos por su mal genio y nunca había aprendido a reír. Apuntó sus grandes cuernos hacia Doña María y dijo con voz dura —Bah, no me importa si ustedes son viejos y no pueden trabajar. Comeré lo que quiera de su huerto. ¡Corra o la haré volar con mis cuernos!

La viejita se sintió en peligro y corrió al bohío gritando —Ramón, Ramón, abre la puerta. Este malvado chivo no entiende de razones. ¡Qué antipático! ¡Qué malo! ¡Abre la puerta, abre la puerta, Ramón!

Doña María cayó en su mecedora llorando y estremeciéndose. Los viejitos se sentaron juntos entristeciéndose más y más porque no sabían cómo detener al terrible chivo para que no se comiera todo. *Ay, ay*, los viejos lloraban. *¡Ay, ay, ay!* Después de todo el duro trabajo que habían puesto en su precioso huerto, todo se perdería por el malvado chivo.

De pronto, cuando el viejito se adormecía, exhausto por tan mal día, sintió una comezón en la punta de la oreja. Cuando comenzó a rascarse, sintió unas cosquillitas en una de sus manos. La miró y encontró una hormiguita en la punta de su dedo índice. Parecía que quería decirle algo. La puso cerca de su oído y la hormiguita le dijo con su vocecita: —He visto lo que el chivo ha hecho a su huerto y puedo resolver su problema, Don Ramón. Si usted accede a hacer lo que le pido, sacaré al malvado Señor Chivo de allí.

Don Ramón despertó a su mujer y le contó lo que Señora Hormiga le había dicho. Los viejos dudaban de que una hormiguita pudiera echar al malvado chivo. Pero aceptaron. Sí, decidieron que harían todo lo posible para salvar su huerto. El chivo ya se había comido la mayor parte del maíz y la lechuga. ¡Y empezaba un nuevo surco de vegetales! Ramón acercó a la hormiguita a su oído.

—Señora Hormiguita, ¿qué quiere que hagamos nosotros?

La hormiguita contestó: —Necesito alimentar a mi familia y si ustedes no tienen comida, nosotros tampoco tendremos qué comer. Por favor, llenen dos

costales pequeños para mí. Uno con harina y otro con azúcar para mi familia. Volveré por ellos cuando termine el trabajo.

Después la hormiguita saltó del dedo al hombro de Don Ramón. Bajó por su brazo hasta su cinturón y se deslizó por la pierna del pantalón hasta su bota. Después saltó de la lengua de la bota al piso de tierra del bohío. Don Ramón y Doña María observaron desde la puerta mientras la hormiguita caminaba alrededor de piedras, sobre plantas y alrededor de charcos hasta llegar al huerto. Pero como era tan pequeñita, la perdieron de vista entre las plantas. Rezaron para que no la aplastara la pata del malvado Señor Chivo.

Señora Hormiga se sentó a la orilla del huerto y observó al chivo masticando y escupiendo, masticando y escupiendo. A la hormiguita, el chivo le parecía una montaña que debía escalar, ¡una montaña con cuernos! Pensó y pensó cómo hacerlo. Señora Hormiga tuvo una idea cuando vio a Señor Chivo parar para rascarse porque una mosca se le había parado en la nariz. La hormiguita vio cómo la cabra movió su cabeza de un lado a otro tratando de deshacerse de la mosca. El chivo brincó y dio vueltas hasta que la mosca se fue.

—Esa mosca no es más grande que yo —pensó la hormiguita— pero no tengo alas, así es que tendré que tenderle una trampa a Señor Chivo de otra manera.

La determinada Señora Hormiga empezó así la difícil tarea de escalar al chivo. Saltó a su pezuña.

Era tan ligera que el chivo ni siquiera la sintió. Luego escaló por su peluda pata, brincando por aquel pelaje que para ella era como un bosque de grandes arbustos y árboles. Durante su asenso por la pata, Señora Hormiga fue pensando en qué partes del cuerpo del chivo serían las mejores para que ella trabajara. En su mente dibujó un mapa de la cabra y puso una X donde haría su trabajo, planeando todas sus paradas como un alpinista con un largo camino hacia la cima. Finalmente, la hormiguita llegó a la panza de Señor Chivo. Ahí respiró profundo e hizo lo que había venido a hacer. Le hizo cosquillas con todas sus fuerzas.

Desde su bohío los viejos escuchaban lo que estaba pasando en su huerto. Oyeron un sorpresivo "¡Bah! Ay, ay. ¡Ah, ah!" del chivo. El chivo gritaba y brincaba de arriba a abajo como si algo caminara por todo su cuerpo. ¡Y sí, alguien lo hacía!

La hormiguita brincaba en la panza del chivo y picaba y movía sus piernas por toda la delicada piel. Y cuando el chivo levantó la pata para rascarse, la hormiguita le hizo cosquillas debajo de la rodilla. Y cuando la cabra levantó la otra pata para rascarse ese nuevo lugar, la hormiguita corrió de arriba a abajo con sus pequeñas patitas por su costado, haciéndole cosquillas otra vez.

El chivo parecía que danzaba, riéndose y llorando al mismo tiempo. La hormiguita seguía haciéndole cosquillas y picándole una y otra vez, aquí y allá, allá y acá, provocándole hacer piruetas por el huerto, gritando "¡Bah! ¡Bah! ¡Bah! ¡Ay! ¡Ay! ¡Ay! ¡Ja!

¡Ja! ¡Ja!" El chivo se volvió tan loco de comezón que se tiró al suelo y comenzó a rascarse todo el cuerpo contra la tierra.

Daba vueltas sin ver adónde iba. De pronto rodó hasta el borde de una colina. Ahí, Señora Hormiga saltó mientras que el animal rodaba y rodaba cuesta abajo. Siguió rodando hasta que no era más que una nube gris de polvo a la distancia. Don Ramón y Doña María se abrazaron y bailaron juntos de alegría. ¡Señor Chivo se había ido, gracias a la valiente hormiguita!

Señora Hormiga regresó al bohío donde la pareja de ancianos esperaba con los dos pequeños costales de harina y azúcar para su familia. Los viejitos agradecieron a la hormiga por salvar su huerto.

—Gracias, valiente Señora Hormiga. Ahora arreglaremos nuestro huerto y usted siempre será bienvenida a nuestro bohío —le dijo Don Ramón.

—Compraré azúcar y harina extra en el mercado para usted y su familia, Señora Hormiga —dijo Doña María—, porque sé que usted protegerá nuestro huerto para que todos tengamos suficiente comida.

—De nada —contestó la hormiguita mientras se alejaba, cargando sus costales de comida—. Con mucho gusto les ayudaré. Cuando eres tan pequeña como yo, hay que usar el cerebro para resolver los problemas grandes. ¡Adiós, amigos! no estaré lejos. Llámenme si me necesitan.

Y la vieja María y el viejo Ramón dijeron adiós a la brillante hormiguita que había salvado sus verdu-

ras. Al día siguiente ellos trabajarían otra vez en su huerto, sabiendo que no debían temerle a Señor Chivo, incluso si regresaba, no con la valiente hormiguita de su lado.

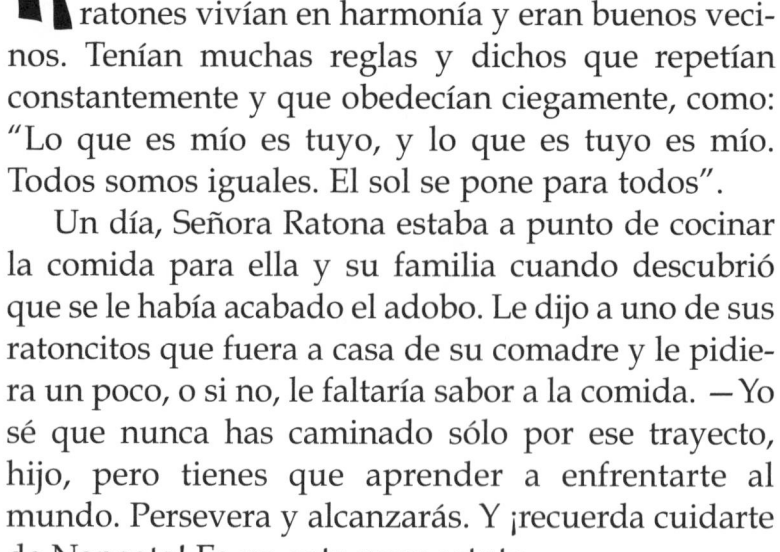

Un funeral para Nangato

Había una vez un pueblo de ratones donde los ratones vivían en harmonía y eran buenos vecinos. Tenían muchas reglas y dichos que repetían constantemente y que obedecían ciegamente, como: "Lo que es mío es tuyo, y lo que es tuyo es mío. Todos somos iguales. El sol se pone para todos".

Un día, Señora Ratona estaba a punto de cocinar la comida para ella y su familia cuando descubrió que se le había acabado el adobo. Le dijo a uno de sus ratoncitos que fuera a casa de su comadre y le pidiera un poco, o si no, le faltaría sabor a la comida. —Yo sé que nunca has caminado sólo por ese trayecto, hijo, pero tienes que aprender a enfrentarte al mundo. Persevera y alcanzarás. Y ¡recuerda cuidarte de Nangato! Es un gato muy astuto.

El ratoncito dijo —Sí, Mamá Ratona, haré lo que me dices —y comenzó a caminar hacia la casa de su

madrina. Debido a que estaba un poquito asustado de ser comido por Nangato, silbaba, brincoteaba y trataba de pensar en otras cosas y no en el gato. Después de todo, él había oído a su madre decir, "Aquel que teme a la muerte, no disfruta la vida".

Cuando había alcanzado la curva del camino, justo enfrente de él, como si fuera una colina de pelos con orejas puntiagudas y una cola tapando el camino, estaba Nangato. El enorme gato yacía tendido tan quieto que parecía muerto. El ratoncito, con su corazón latiendo a mil por hora, corrió hacia un lugar seguro guardando su distancia. Se escondió detrás de una roca y observó a Nangato para ver si se movía. Nangato seguía como un tronco. Después de mirar fijamente al gato por un largo rato, el ratoncito decidió correr de regreso a su casa para contarle a su madre que su enemigo, Nangato, había muerto.

—Mamá, Mamá —entró de golpe a la casa gritando—, ¡Nangato está muerto en el camino!

Señora Ratona dijo —Éste es un buen día para nosotros, hijo. A cada gato le llega su día. Es tiempo de planear el funeral para Nangato. Gracias, hijo.

Ella le comentó a uno de sus vecinos que iba pasando por ahí, el que le dijo al siguiente ratón que se encontró en el camino, el que enseguida corrió hacia la siguiente casa y le contó a la familia que vivía ahí. Muy pronto la noticia de que Nangato estaba muerto en el camino se había diseminado por todo el pueblo. Pero nadie fue a ver si era verdad porque siempre habían creído en algo que se habían dicho unos a otros: "Las grandes mentes piensan de

la misma manera". Así había sido siempre en el pueblo de los ratones: si uno de ellos decía Nangato está muerto, entonces estaba muerto, y todos lo enterrarían juntos. Como dice el dicho, "Todos para uno y uno para todos".

La comunidad de ratones decidió tener una reunión en la plaza para organizarse, y juntos acordaron darle a su viejo enemigo, Nangato, un funeral apropiado, porque uno debe "ser bueno con quien te trate mal y perdonar a tus enemigos. Dejar al pasado en el pasado". Nangato había sido su enemigo en vida, pero ahora no tenían nada que temer.

Los ratones recitaban este lema mientras desfilaban hacia donde yacía el gato muerto. Entre todos hicieron un camastro gigante con palitos que fueron recogiendo en el camino. Después los ratones más grandes y fuertes hicieron rodar al gato hacia el camastro y así lo jalaron y cargaron hasta el Cementerio para Ratones, donde querían enterrarlo.

En el camino, la procesión de ratones creció y creció hasta que prácticamente cada ratón de la región marchaba en el desfile funerario de Nangato. Todos los ratones estaban secretamente agradecidos de que su viejo enemigo estuviera muerto; sin embargo, recordaban su deber para con los otros, repitiendo juntos sus proverbios mientras marchaban: "Confiar los unos en los otros. Perdonar a los enemigos. Ser un buen vecino", y cosas por el estilo. Pero pronto aquello se volvió más como una fiesta, y hasta algunos ratones empezaron con ovaciones, "¡Olé, olé, Nangato está muerto!"

Finalmente, la multitud de ratones llegó al
Cementerio para Ratones y pusieron a Nangato en el
suelo. Los líderes acordaron que los ratones más
grandes y fuertes debían cavar un hoyo para el gato.
Después, entre todos lo empujarían. Así es que se
pusieron a trabajar en grupos como hacen los ratones cuando hay un trabajo que terminar. —Uno, dos,
tres, ¡empujen!

Fue en ese momento cuando todos los ratones
estaban ocupados empujándolo hacia su tumba, que
Nangato se elevó como ballena fuera del mar y se
arrojó sobre ellos. El astuto gato había estado jugan-
do a hacerse el muerto todo este tiempo, observando
cada movimiento que los ratones hacían con los ojos
medio cerrados, esperando el momento oportuno
para dar su golpe maestro.

—¡El juego no se termina, hasta que se termina!
¡Tontos ratones, estaban demasiado ocupados planeando mi funeral para fijarse en que aún estaba
vivo! —Nangato gritó mientras se abalanzaba sobre
ellos.

Como había tomado a los ratones por sorpresa,
Nangato pudo atrapar a un buen número de ellos,
especialmente a los grandes que estaban abajo en el
hoyo. Muchos otros salieron disparados hacia el bosque de regreso a su pueblo, donde se quedaron
escondidos por mucho tiempo, asustados pensando
que Nangato vendría a buscarlos.

Finalmente, días después, cuando los ratones se
atrevieron a salir fuera de sus casas, tuvieron una
reunión para acordar nuevas reglas para sus vidas.

Eran ratones más sabios ahora, después de haber sido engañados por Nangato. Mamá Ratona llevó a todos sus ratoncitos a la reunión, porque todos los días hay algo nuevo que aprender, como decía un sabio ratón, "Nunca es tarde para aprender algo nuevo".

Y así, desde el día del funeral de Nangato, los ratones practican nuevas reglas, como: "¡No creas todo lo que oyes, aunque lo oigas cien veces!" Y la más importante de todas: "¡Nunca jamás molestes a un gato dormido, porque los gatos tienen nueve vidas!"

El loro que amaba
el chorizo

Hace muchos años había un loro puertorriqueño llamado Señor Loro que amaba el suculento chorizo que la cocinera de su dueña ponía en sabrosos guisos en ocasiones especiales. Era un pájaro inteligente que esperaba hasta que la cocinera dejara el lugar para volar sobre la olla y coger un chorizo jugoso con su pico ¡tan rápido que ni una sola pluma se le quemaba! De ahí, Señor Loro lo llevaba a su jaula que estaba en el comedor, y lo colocaba entre las semillas para comérselo en secreto.

La frustrada cocinera nunca podía atrapar al ladrón de chorizo, pues el culpable no dejaba ni rastro ni pistas detrás. ¿Quién podría estar robando los chorizos sin que nadie viera u oyera nada? ¡Los fantasmas no comen chorizo! Tenía que resolver el mis-

terio pronto, o la gente pensaría que ¡era ella la que estaba comiéndose los chorizos desaparecidos!

Poco después, la cocinera ideó un plan para atrapar al ladrón. Hizo como que dejaba la cocina, pero en lugar de eso, se escondió detrás de la puerta. En silencio y sin moverse, esperó y cuidó la olla con el guiso hirviente, esperando a que el ladrón entrara. Así logró ver al loro en acción, volando sobre la olla, aleteando tan rápido que sus alas eran prácticamente invisibles, picoteando por aquí y por allá para hacer su selección, para luego atrapar el chorizo más gordo con su pico. Entonces, el astuto pájaro, se salía de la cocina como un rayo de luz verde.

La primera vez, la cocinera sólo miró a Señor Loro sorprendida. No le dijo nada a nadie porque el Señor Loro era la mascota preferida de la señora de la casa. Pero pronto, tuvo una idea para atrapar en el acto al ladrón de chorizo. Un día, les contó a todos en la casa que iba a cocinar para la cena una olla muy especial de chorizo. Al oír la palabra "chorizo", el loro prestó atención a lo que se contaba mientras simulaba limpiarse el pico y arreglarse las plumas.

El pájaro mantuvo los ojos redondos y brillantes pegados en la cocina. La cocinera notó cómo estiraba sus alas y se movía de un lado para otro en su percha, murmurando para sí mismo —seguros signos, para ella, de que el loro del demonio estaba muy interesado en ese chorizo especial del que todos hablaban.

Esa noche, a la hora de la cena, la cocinera, otra vez, se escondió detrás de la puerta. Señor Loro vio

que no había moros en la costa, voló sobre la olla de guiso hirviente, listo para tirarse al blanco y coger su premio, pero la cocinera estaba lista. Cuando el pájaro metió la cabeza, la cocinera corrió a la estufa y lo agarró. Después lo sostuvo por las patas sobre la olla con agua hervida, amenazándolo con que haría chorizo de loro con él.

—Ahora te tengo, loro del demonio. —Le dijo colgándolo por encima de su amado chorizo, que ahora que podía verlo más de cerca, lucía menos apetitoso.

—¡Socorro, ayuda, socorro! —chillaba el loro, pidiendo ayuda de todas las formas en las que podía pensar, pues Señor Loro podía hablar español tan bien como cualquier otro puertorriqueño—. ¡Por favor, Señora, rescáteme! —le pedía a su dueña con lastimosos chillidos. Pero la furiosa cocinera no estaba de humor para escuchar las súplicas del pájaro ladrón. Además, la dueña de la casa estaba fuera ese día. El loro loco podía gritar hasta quedarse ronco en la cocina, porque ni ella ni nadie más vendrían a rescatarlo.

La cocinera levantó como una verdosa salchicha al empapado y atontado pájaro con las puntas de sus dedos y lo miró directamente a los ojos. —¿Prometes nunca más volver a robar mi chorizo, pájaro malvado?

Señor Loro estaba listo para prometerle cualquier cosa para así escapar de la terrible suerte de ser cocinado en la olla de chorizo, aunque lo había amado, ahora quería estar lo más lejos posible de él.

—Sí, señora. Le prometo que desde hoy en adelante sólo comeré las migajas de pan que caigan de la mesa de mi dueña. ¡Nunca más robaré su chorizo!

Antes de soltarlo, la cocinera hizo que el pájaro repitiera varias veces su promesa mientras le mostraba la olla de guiso hirviente desde muy cerca.

El loro prometió una y otra vez, hablando elocuentemente en su perfecto español, que él nunca más volvería a robar chorizo. Desafortunadamente, para cuando la cocinera le sacó la cabeza de la olla, algo terrible había pasado: el loro había perdido todas las plumas de la cabeza. ¡Estaba calvo!

Después de ese fatídico día, sintiéndose humillado, Señor Loro se mantuvo en su percha o en su jaula. Daba lástima ver al que alguna vez fuera aquel orgulloso loro puertorriqueño coronado con aquella cabeza calva, donde debería de estar una corona de plumas verde esmeralda.

Pero que quede muy claro, Señor Loro mantuvo su promesa. Nunca volvió a robar un chorizo. Sin embargo, de vez en cuando aceptaba premios de su dueña, quien sentía lástima de su loro calvo. Ella lloró cuando él le contó, en su perfecto español (con el que siempre la deleitaba a ella y a sus invitados), acerca de su accidente, cómo casi se cayó en la olla de agua hirviente un día que le hacía compañía a la solitaria cocinera.

—Sí, Señora, casi me ahogo, pero la amable cocinera me salvó.

—Mi pobrecito Señor Loro, me alegro que estés todavía aquí para hacernos compañía y entretenernos durante la cena con tus historias. Eres un tesoro. Mira, toma otro pedacito de pastel.

Gracias a Dios que mientras le dure la lengua, Señor Loro no tendrá que ¡sobrevivir sólo con migajas de pan!

Pero así no es como termina esta historia. Todavía queda un poquito más por contar.

Un día, hubo una gran cena ofrecida por la dueña del loro a un hombre muy importante. Todo el mundo se sentó a la mesa y comenzó a comer y conversar, pero Señor Loro, que le había echado el ojo al invitado de honor, a menudo interrumpía la conversación. Volaba dando vueltas y vueltas a la mesa como si estuviera fascinado con el caballero, murmurando para sí mismo. Todo el mundo estaba entretenido con el raro comportamiento de Señor Loro. El pájaro se posó en el hombro del señor aquel y se mantuvo mirándolo fijamente. Después, Señor Loro voló hacia la cabeza del hombre, aterrizando en una superficie tan lisa y brillante que podía verse a sí mismo en ella. ¡El hombre era tan calvo como él! El pájaro espetó: —Distinguido Señor, ¡Qué maravilla! ¡Veo que a usted también lo atraparon robando chorizo!

Nota: Podría resultar interesante para los jóvenes lectores saber que hay una especie de loro verde, nativo de la isla de Puerto Rico (Amazona Vittata), que se encuentra en peligro de extinción.

También por Judith Ortiz Cofer

¡A bailar! Let's Dance!

*Bailando en silencio: Escenas de
una niñez puertorriqueña*

El año de nuestra revolución

*Riding Low on the Streets of Gold:
Latino Literature for Young Adults*

*Silent Dancing: A Partial Remembrance
of a Puerto Rican Childhood*

Terms of Survival

The Year of Our Revolution